眠る男

清岳こう

思潮社

眠る男

清岳こう

思潮社

もくじ

山ねむる

狸ねいり

ねむり猫

装画＝門田奈々　装幀＝思潮社装幀室

眠る男

「終」

むかし 「眠る男」*という映画を観た

画面のはじめから無言が降っていて
男が里山を背景によこたわり
画面いっぱいに無言は降っていて
いつまでたっても降りやまず
けっきょく 犬の仔いっぴき現れず
男は前衛的に「元気に」眠りつづけていた

我が家の一室
遮光カーテン保温カーテンの襞につつまれ
息子もそぼふる沈黙の底で眠っている

しのつく沈黙の日々を眠っている
やはり　小石ひとつ投げこまれることもなく

私は三度三度のごはんのために世間をうろつき
借金取りに追われうまい話にひっかかりそうになり
どうでもいいことで他人から喧嘩を吹っかけられたり
世俗通俗にまみれ息子の人生も生きている

「眠る男」では
平穏無事がサイレントのまま流れ
争いもおこらず憎しみも渦まかず

けれど　一時間半くらいで「終」があった

＊小栗康平監督「眠る男」

山ねむる

耕太郎　逃亡中

「コウタロウ」
アナウンサーの声に肉叩きを握った手をとめる
「容疑者は指名手配中です」

耕太郎　だというのだ
農耕民族の血を引くすてき度１００％
期待と願いのすべてをかけて付けた名前だ

容疑者は　今ごろどんな三日月の薄らあかりをくぐっているのか
容疑者は　今ごろどこの路地裏であぶら汗をにじませているのか
容疑者は　どこかの空き家ですきっ腹をかかえているにちがいない

そっと　二階六畳一間あたりを見あげる
耕太郎はここに逃げこんでいますよ
耕太郎はだれにも頭をさげず
だれからもクレームをつけられず
腰がいたい風邪をひいた脚がしびれたの明け暮れ
税金もおさめず町会議員の選挙にも行かず

寒気の底　黒くうずくまっている電話機を見つめる
イチイチゼロですぐにつながる簡単解決法
咽喉元から　腹の底から　声があがりそうになる

こっそり　二階六畳一間への階段を見あげる
耕太郎が行方不明になったら困る
私は逃亡幇助罪で逮捕されたくはない

幸太郎　お天道さま礼拝の儀

おまえの爺さまは
早寝早起きの九十一歳
朝陽とともに起き朝陽に手をあわせ
夕陽とともに仕事を終わり夕陽に頭をさげ
誠実無比の九十一歳
所得税・町民税の滞納もなく
花粉症・アトピー・不眠症とは無縁の日々
質実剛健の九十一歳

幸太郎の肉体には爺さまの記憶がちょびっとはあるはず
幸太郎の精神にも爺さまの遺伝子がかすかにはあるはず
朝陽夕陽の思想を実行するくらい一日はできるはず

朝陽夕陽の修行に挑戦するくらい三日はできるはず

閉ざされたドアさえ返事をしない毎日

今日もいい天気
すずめは原っぱに
とんびは空たかく
お天道さまはしらんぷり

康太郎　じゃが芋に物申す

サラダに入れたじゃが芋が臭いと顔をしかめる康太郎
へえ　すっとぼけながら　かなりあわてる
吹雪と暗闇に眠っていた男爵殿が
ソラニン・チャコニンの芽を伸ばしはじめていたらしい
しっかりとペティナイフの先でえぐり取ったはずだが

男爵殿のソラニン・チャコニンは春のけはいに敏感で
康太郎はめまい・吐き気・頭痛をひきおこす悪臭に敏感で

そんなに　デリケートな鼻を持っているのなら
若者たちにしのびよる暴力沙汰のウイルスにも
世界中ににじみひろがる憎悪・報復の神経毒にも

文句の一言二言千言ぐらい言ってやったらどうなんだ
なにしろ　世界に冠たるじゃがいも
土の下でこごえたって長雨胴枯れ病に打ちのめされたって
ドイツのアイルランドの民族存亡の危機をすくった功績もある

問題のすりかえだ論理の飛躍だこすっからい手だ
怒り全開の抗議なんぞ　なんのその
白日のもと康太郎とじゃが芋を天秤にかける
どんくさくって野暮ったいのはどっこいどっこい

やっぱり　じゃが太郎の方がましではないか

航太郎　コートで大活躍

タブセはすげえ　の大声にうなずく
そう　田臥はすばらしい
果敢に華麗にたたかう１７３㎝75㎏
重戦車たちの間をちょこまかし

タブセは天才だ　の讃辞にため息をつく
そう　田臥は自慢の息子だろう
ディフェンスの巧みさ当たっても砕けない頼もしさ
スリーポイントシュートを軽々とやってのけ
押しも押されもしないＮＢＡの国際的名選手

それに比べて　なんて言わない

怪我につぐ怪我　留年につぐ留年
という流れまでは一緒なのだが
それに比べて　の後は毎度きまっている
なんてったって　航太郎は航太郎１８２cm80kgなのだから

たちまち　炬燵テレビの部屋にホイッスルが鳴りひびき
私の横っ腹に肘打ちをくらわせボールを奪う航太郎
四畳半10分間４セットはいつまでも決着がつかない
なんてったって　審判不在ルールなしなのだから

広太郎　うんこ問答

ころ助の散歩から帰ると
まず　手は洗ったのか尋問される
間髪いれず　洗ったと答える
さらに　石鹸で洗ったのか訊問される
「素肌すっきり」竹炭石鹸を使った　ときっぱりと応える
またまた　指の間手首まで洗ったのか追及される
指先手首肘関節までちゃあんととかなんとか　もちろん嘘をつく

ころ助のうんこに触っただろう
シャベル新聞紙ビニール袋なんか役にたつはずがない
ころ助のうんこがついているにちがいない
いよいよ　厳しい詮議が始まり

赤ん坊のおしっこ発射で頭も顔もびしょ濡れになったよ
赤ん坊のうんこ爆弾も風呂桶ですくったよ
汚く臭い手で育てたんだよ
広太郎の育児日記を白状したらどんなにかせいせいするだろう
一日四十本　煙草の煙のほうがよっぽど頭に悪かろうに
きな臭い事件の数々　世間のほうがもっと危なかろうに

洗面所に立ったまま深くうなだれる
洗面所に閉じこめられたまま
指を手を肘を洗いなおし流しなおしする
背後で　マクベス夫人も男の血を洗いなおし流しなおししている

やはり　私は息子を殺したのだろうか

考太郎　跳んでみたら

全身ぬれねずみ
血の気のひいた幼稚園のスモックが
エプロンにしがみつき
おちんこをものすごく打って
死ぬかと思った
目をつぶったらどうなるか
実験をした　と

坂道のカーブを曲がりそこね
用水路に自転車もろとも跳びこみ

跳びこんで

どこまで飛んでいくつもりだったのか

こんどこそ今世紀最大の実験をして
さっさと大人になってくれていたらいい
手榴弾ぶらさげ跳びこんで亡くなった若者はあまたいたけれど
おちんこを打って死んだなんて話は聞いたことがない

公太郎　面接の顚末

せめて　携帯・酒・煙草・バス代くらい
せめて『キングダム』全巻30000円くらい
『ワンピース』全巻40000円くらい
言いつのり食いさがり

理髪店にも美容院にも行かないとふくれるので
カット代4500円親払いでおびきだし
一着12000円の戦闘用のビジネススーツを買いに走り
バーゲンのネクタイで不満分子をしばりあげ
わからず屋の抵抗勢力は整髪料でねじふせ
やっとこさっとこ立てこもり基地からひきずりだし

ちょっと緊張した
(初めてだから武者ぶるいよ)
かなり自分の都合ばかり並べた
(二十四時間無職にどんな戦闘予定があるというのか)
ついつい油断して手を抜いた
(履歴書の使い回しで馬脚をあらわすなんて世間をなめんなよ)

ちょっと　かなり　ついついが打ちかさなり
玄関の段差さえ越えられなくなり

蟻の身の丈になってしまったからには
せめて　働き蟻の勤勉さを身につけてほしい
あきらめが肝心　と世間に笑われてもいい
私はあきらめの悪い業つくばりの親なのだ

貢太郎　百足譚

ほら　総攻撃されたんだ侵略されたんだ
身も心もあやつられ支配されているんだ
名品ドクターマーチンの8ホールは使い物にならない
本棚に飾っていたレッドウィングのアイリッシュセッターも捨てるしかない
廊下にあふれていたナイキやコンバースのスニーカーも全滅だ
こうなったら万策尽きたも同じ打つ手なし
貢太郎はこの世の終わりと呪いの言葉を乱射しはじめ

世の中には納豆菌・酵母菌・乳酸菌なんて善良な連中もいるのに
貢太郎には白かび赤かびの真菌軍団しか目にはいらぬらしく
今のところ　ブラシかけ水洗いで殲滅できる雑兵ばかりというのに
向かうところ敵なしの黒かび将軍は出撃していないというのに

貢太郎はいつのまにか地球生き残り最強の昆虫になっていて
一糸乱れずすべての脚をコントロールできるまで外出はしない
海外へ撃ってでる好機が来るまで靴の手入れに専念すると
保湿傷修正の万能クリームを塗りまくり
靴に息を吐きかけ靴を磨きあげ靴はいつでも準備完了
出撃命令が下されるのを今か今かと待っている

そんなら　いっそのこと
一生　武器倉庫で靴を磨いておれ
それが世界平和に貢献するせめてもの功徳
私は高圧的に命令を下す
たちまち　私は貢太郎の上官になる

威圧的に命令を下すのはここちいい
子育ての反省・悩み・迷いなんか一瞬で吹っとぶ
歴史的人物になった気分になる
世界に号令をかけそうになる

剛太郎　ラップミュージック・フリースタイル

おふくろなんてくそくらえ　俺がどう生きようと俺の勝手　明日は明日の風が吹く　明日は明日の陽が昇る

剛太郎は今日ものりのりで歌っている
ご近所迷惑犬の遠吠えもなんのその
憲兵に連れて行かれるわけでもなく
刑務所で拷問を受けるでもなく

世間なんてなんぼのものじゃ　俺に金をくれるじゃなし喰い物くれるじゃなし　ホームレスに野垂れ死なんてのも　なかなかイカシテルじゃねえか

剛太郎は夜中から明け方まで

息もたえだえ青息吐息で
ギブソンのギター・レスポールをかきならし
思想犯としてマークもされず
天井から逆さ吊りにもされず

しょせん死ぬ時ゃ独りぼっちさ誰だって　旅先だろうと戦場だろうと　生きるか死ぬかなんて　天のさだめ時の運　人生はきまぐれ出たとこ勝負

剛太郎は溺れかかっているのだろうか
すきっ腹のはずはないし
首も吹っ飛ばされていないのに
あんなに叫びがなりたて
あんなに手脚をふりまわし

なめくじ一匹も殺せぬいくじなし
蜘蛛の子さえ逃がしてやる浪漫派
得体のしれぬ何かにがんじがらめにされると怯えているのだろうか

孔太郎　照り焼きを喰う

ほどよく油がのった赤鶏を特製のたれに漬けこみ
遠火にかざす
生姜　行者にんにく　鷹の爪　塩麹を熟成させたたれが
勢いよく炎をあげる
香ばしくこげはじめた胸肉を二度三度たれに漬けこみ
炭火であぶる
すっからかんの丸裸　しわたるみ不安寄るべない寂しさにも
こげ目をつける

炭は聖らかに熱をはなつ
炭はあっけらかんと匂う

孔太郎は
うまいともまずいとも言わずかぶりつく
たらふく喰って惰眠の夜にもどっていく

惰眠の夜はこのまま順調に育ち巨大になり
宿主のっとり計画を完璧に遂行するだろう
ハリガネ虫がカマキリに寄生し脳を支配し
水中に引きずりこみ溺れさせるように

孔太郎
湊ちょうちんを膨らませていいのは冬眠中の熊だけだよ
盛大に鼾をかいていいのは年とった竹林の虎だけだよ

晃太郎　朝やけにつつまれて

ぜったいに　ないしょ
誰に言ってもだめだと念をおされた
二人だけの秘密と指切りをさせられた

ピンクが
パープルが
クリームが好き
でも　これはかっこよくない
ヒーローの服は黒金銀と決まっている
だけど　やっぱり好き
新鮮な太陽に染まりながら

しののめ色
あけぼの色
あかね色
今でも　優しい色が好きだろうか
晃太郎はこのまま黄昏色に呑みこまれるのだろうか

巧太郎　ばらばら事件

自由が欲しかったと怒鳴る
自由に育てられたら　こんな青春じゃなかったはず
自由にさせてくれたら　かなりましな人生だったはず
おかげで　サッカーの一流プレイヤーにもなれず
おめおめと　大学に八年も通い
行列のできるラーメン屋にもなれず
チンピラにも　ヤクザにもなれず

ふん　やりたい放題あばれ放題への鼻っ先笑いはおし殺す
いい歳をして泣き言を　なんて売り言葉に買い言葉はのみこむ
自由気儘　自由勝手　自由奔放の行きつく先は
親に貢がせ　親をしぼりにしぼり　その程度だったじゃないか

自由が　自由が　と連呼に連打
もはや　自由もすっかり斬りきざまれ
自由の原型もとどめず鮮度もなくなり

星あかりの草むら　自由のきれぎれを拾う
意味を拒否され散らばるぼろぼろを合わせてみる
雪あかりの窓べ　金詩銀詩の糸で自由をつくろう
「国家あるかぎり自由はない」なんてレーニンの名ぜりふもかがる

遅霜でさくらんぼの花芽が全滅した
藤棚の鳩のひな三羽が蛇にのまれた
世の中では取りかえしのつかぬ事件も起きる

昴太郎　夢千夜

二人の計画だった
流水紋に紅葉ちる錦紗をひと目ひと目ほどき
仏蘭西《フランス》でブラウスの店を持つ
青海波に千鳥の塩瀬を染めなおし
巴里《パリ》の下町でハンドバッグの小店を開く
テーチ木泥水で染めた大島を洗いはりし
雪持ち笹に散り松葉の絞りをひと針ひと針縫い
蒙馬特尔《モンマルトル》の丘にタペストリーを並べる

二人はうっとりとなり
紐育《ニューヨーク》のダウンタウンでもいい
新嘉坡《シンガポール》の新開地だってなかなかのもの

卡薩布蘭卡《カサブランカ》の裏町もすてたもんじゃない
なんてったって
私は町の洋裁教室の優等生
昴太郎は横丁の社交的な好青年
なんてったって
私はタンスで臭う古着にさっさとおさらばしたい
昴太郎は大器晩成型の口八丁手八丁の野心的な有望株
なんたって

むすこの名は……
わたしの名は……
むすこの名は……

あれ　何だったっけ

そもそも
あれは　息子なのだろうか

狸ねいり

楽

神さま
今まで信じたこともないお方を呼びだす
神さま
いくら何でもひどすぎます
勝手に呼びだしておいて難癖をつける
難癖だけではあきたらず落とし前をつけろとすごむ

ええ　少しは罵詈雑言をはきました
もちろん　隣近所には愛想笑いをかかさず
それなりに　ごみ出しのルールを守り町内の草取りもサボらず
おまけに　信号無視はときどきスピード違反はたびたび
でも　善良な市民だったではありませんか

こうして　手をあわせたところで
何も変わりはしないと分かってはいるのですが
やはり　あれこれ願掛けをしてしまうのです

神さま　笑ってください

小人閑居して

皿もあらわず
葱もきざまず
頬杖をついている

はたきもかけず
窓もみがかず
背中をまるめている

庭の草は生えほうだい
繕い物もほったらかし
一日中ぼうっとしている

年がら年中考えている
たぶん　暇なのだ
きっと　暇なのだ
考えたってどうにもならないことを

犯行動機を調査中

「コウ」　アナウンサーの声を小耳にしながら
座布団に座る
「コウ」　アナウンサーの声に聞き耳をたてながら
やれやれとほうじ茶を飲む

乱れ逆立った白髪頭
暗くうつむいた二重あご
私………ではないか
任意同行に応じたという
取り調べを受けているという

今宵　ブルームーンの海底

私はどんな夜をただよっているのだろうか
たまご丼かてんぷら丼を無事たいらげただろうか
刑事の人情話に涙を流しただろうか

人参をキャベツを玉ねぎを昼からずっと煮ていた
パセリの茎りんごの皮もほうりこみ煮ていた
おいしいスープを　おいしい野菜スープをと
魔法の呪文をかけていた私を脱ぎすて
いつの間に銀行へ出かけたのだろう

その時
どすのきいた声で女子行員を脅したのだろうか
その瞬間
やくざな目でフロアーに睨みをきかせたのだろうか
たぶん
ナイフを握りしめていた手を肩先から震わせていたにちがいない
きっと

スカートの中の脚を止めようもなく震わせていたにちがいない

皺たるみの腕をそっとなでてみる
ささくれた指先をそっとこすってみる

私よ
湯気をたて鎮まるスープの前に座ろうじゃないか
連行され収監されはなみずをすすりあげている　私よ
固いベッドに冷え冷えとちぢこまっている　私よ
ほがらかに澄んだ油をすすり
生命のうま味を舌先でたしかめ
大地のエキスを胸まで吸いこみ
せめて
しばし
うっとりと
目をつぶろうじゃないか

今宵　ブルームーンは
街のちりあくた　天井の悪党鼠だって
抱きしめ浄めてくれるというではないか

嘘つき

私はしょっちゅう嘘をつく
嘘八百を並べたてる

だいじょうぶ
顔色はいいし　ちょっと疲れただけよ
よくあることよ
お風呂でゆったりしたら　すぐよくなるって
だれにでもあるわ
運動不足よ　鉄アレイ30kgで汗をかいてみたら
たまたまよ
耳元で見知らぬ誰かがささやくなんて
気にしないほうがいいって
ゴーストが出る部屋なんてロンドンでは人気があって家賃も高いんだって

♪ゲゲゲの鬼太郎妖怪ウォッチときたら子どもにも大人気なんだから
不思議不可思議摩訶不思議だって
日々のすてきな楽しみじゃない

人生は長いのよ
ゆったり　のんびりもいいものよ
だいじょうぶ　これも親の仕事よ

私の人生は残り少ない
最後の十年くらい楽をしてみたい
生まれてこの方息つく間もなかった
いいかげん親業からも足をあらいたい

今では
私が嘘をつくのか
嘘が小太りよたよたの形になっているのか
とんと　分からなくなっている

神かくし譚

右手の親指をいつもしゃぶっていた
ダメヨ　ヤメナサイと叱ってもしゃぶっていた
その丸っこい後姿が消えた

水源地のゴロスケホウコウの森
権現山のヤマンバの細道
隣近所をまきこんでの大騒ぎのはて
とんでもなく遠い街の騒音に親指をしゃぶっていた

ちょっとした隙に消えてしまう息子
たそがれ時　夕顔まぼろしに親指をすわぶり
かわたれ時　こうもり乱舞に親指をすわぶり

逢魔が時　鵺《ぬえ》の無限寂寥の啼き声に親指をすわぶり

もはや
息子の親指はしゃぶりすわぶりつくされ
隣町にさえも空間移動《ワープ》できなくなってしまって

昆虫日記

それは　ひとつぶの宝石だった
鮮やかな緑と黄のストライプ
体をつつくと蜜柑色の触角を出し悪臭でアッカンベー
ときどき　観察箱から逃亡するやんちゃぶり
やがて　テーブルの裏にさなぎの形でだんまり

いよいよ時がみちると
朝日をあび羽をひろげ
夏空のかなたへ飛びたち
二度と帰っては来なかった

蝶の幼虫が大好きだった息子

何匹も何匹も手のひらに腕にはわせ
あの朝　光の浴びかたがたりなかったのだろうか
あの朝　両の羽根が広がらずたちまち蟻たちの餌食になり
以来　息子はベッドにころがり「夢」とやらに喰いつくされ
私のページは刻一刻と進化する「夢」退治でてんやわんやしている

陽がてり雨がふりさえすれば

清浄無垢が大好きな息子は
洗濯機の渦まきかげんを日々監視する
洗剤がまじめに任務をはたしているか
漂白剤が手抜き仕事をしていないか
柔軟剤の忠誠心が欠如していないか　などなど

早寝早起きが大好きな私は
息子の頭の先から足の先まで日々観察する
栄養はまんべんなく手脚に満ちわたっているか
足元は水のやりすぎで根腐れをおこしていないか
首すじは風にのってやってくる天狗巣病に感染していないか
まともに肺呼吸皮膚呼吸をしているか　などなど

夏草ジャングルの庭では
皇帝ダリアさえ勝手気ままに巨大に咲いているというのに

洗濯物の干し方で激論を交わして以来
まるまる三日布団から出てこない
夜中にトイレくらい行っているのだろうか
飲まず食わずのまま　仮想敵国を偵察する旅から旅へ
今夜は　荒野のはしっこでカーキ色の影を引きずっているのだろうか
明日は　サボテンの岩山を匍匐前進で超えて行くのだろうか
００７の兄《あに》さんのように息をつめてスパイをやり過ごしているだろうか

そもそも　防空壕で寝てばかりだった健康体とはいえ
鉄砲担いで行軍する体力はないはずなのだが

チェックの布地でワイシャツを

けっきょく　行きづまると
因縁話をひっぱりだす　遺伝子一団のでこぼこ
あっちふらふらこっちふらふらの遊興三昧
競輪パチンコマージャン何でもござれの遊び人
リーゼント金髪パンチパーマの兄ちゃん姉ちゃん

ああすればよかったのかこうすればよかったのか
千々に乱れる後のまつりに断固と待ち針を打つ
前身ごろの左右のます目が寸分もずれないように
袖付けのカーブにはくさびを打ちこむように
さらに　しつけ糸で返し縫いにする

けっきょく　追いつめられると

漢学者というのに相撲取りを何人も飼い殺しにしていたというやくざな安政生まれ
大酒けんか武勇傳のついでに元藩主推奨のフランス留学をふいにした慶応生まれ
百合ざんまい馬ざんまい鳩レースは飼育係まで雇い一生を棒にふった大正生まれ
ばか話のいくつもをかぞえる　遺伝子一団のいじっぱり

針目3・0上糸下糸調子やや厚めでバランスよくミシンをかける
腰のカットはバイアスに歪みがでないように用心し
やれやれ　経糸緯糸まじめに交差するワイシャツ一丁できあがり

とどのつまり　インターネット販売？　それもいいわね　今時はやりの商売よ
田舎町の政治家？　それもいいわね　福祉の充実子育て支援なんて正義の味方よ
やっぱり　血は争えないわね　少年じゃなくても大志をいだくって

それにしても
♬行きつ戻りつなされては　ねっから道がはかどらぬ＊
思案投げ首は　思案投げ首のまま

＊「義経千本桜」より

犬も喰わぬ親子げんか

とうとう　地下核実験をやらかし新型ミサイルを発射したというニュース
日本はどうなるんだろう　世界はどうなるんだろう　が始まりだった
どうってことないさ　滅びてしまえばいい　みんな消えてしまえばいい
人間なんていないほうが地球のためだ　から混戦状態になり

高熱に苦しみあえいだ一夜
どうにか　生きぬいてほしい
交通事故で意識不明になった一週間
なんとか　生きのびてほしい
独り暮らしのまま連絡不通になった三ヵ月
とにかく　生きていてほしい
額からこめかみにまで頭蓋骨の線をうかべ家にもどって以来

どうにか　生き続けてほしいの三十年間は
利己的独善的おろかな親の願いだと一蹴され

戦争で生きのびた命だから
栄養失調・洪水・地震をくぐりぬけた命だから
命はうけつがれていくもんだ　なんてカラスの勝手だろ
なにがなんでも　死にたかった命は
とにかく　死にたかった命は
どうにかして　死にたかった命は
反撃につぐ反撃　猛攻につぐ猛攻
はては　自爆も怖かぁねえやいの勢いとなり

山路の曲がりくねりドライブのはて
刈りたて挽きたて打ちたて茹でたての新蕎麦のかおりにやっと停戦となり
二人前３０２４円也は運転手の私から出撃していき二度と戻っては来なかった
ちなみに　生きていてほしいは盛り並　死にたいは山女魚山菜の天ざる大盛り

ちゃんから

とうとう　堪忍袋の緒をたたっ切りひきちぎり投げつけた
「ちゃんから息子!!」*
いよいよ　堪忍袋の緒をぶち切りかなぐりすて叩きつけてきた
「ちゃんから息子とはなんだ!!」
肥後ことばなんぞ通じるはずがないのに
喧嘩ことばだけは電光石火のはやわざで

あれから
息子は　ますます　ちゃんからに磨きに磨きをかけている

＊肥後言葉・つまらない、役に立たない、壊れた

むしゃつけて

昨日は　花柄シャツに真っ白ジャケットでパチンコへ
今日は　しゃれた帽子をちょいと被りダメージジーンズでサッカー観戦に
今は　仕事なんて興味がない　いつかは働くきっと働くの筋金入りお気楽おじさん

いくら　ええ恰好《かっこ》して武者《むしゃ》つけたって*
白髪ちらほら薄毛にへなちょこ歩き
沖縄の♬変なおじさん*は
艦砲射撃や火炎放射器に追われたはてかもしれないが
我が家の変なおじさんは
日々　どんな恐怖に逃げまどいどんな絶望に追いつめられているのか

*肥後言葉・お洒落をする、気取る
*喜納昌吉&チャンプルーズ「ハイサイおじさん」参照

しょんなか

夕暮れ時　あわい光のむこうに人影がよぎり
あの髪型あの背丈あの肩幅はたしかに息子だ

あわてよろめき立ち裏口のドアを開ければ
すすきっ原が茫々然と広がるばかり
とうとう　息子は狐の嫁入りの提灯持ちになったのだろうか
せめて　あいきょう満点酒瓶ぶらさげた狸の方がよかったのに
この期におよんでも私の願いはしょうこりもなく贅沢で

肩をおとしため息をつき
がたぴしとドアを閉めれば
風たちが季節をつっきって行く気配

息子も臆病風になっていたら人間のままでおれたろうに
せめて　つむじ風になっていたら優しいゴリラくらいなれたろうに

なにしろ　個性尊重自主性重視の時代の落とし子
そもそも　どんぐりの背くらべにどんな個性があるというのか
喰うに学ぶに遊ぶに　ゆとりゆるみの野放図世代の寵児
カリスマ美容師三ツ星レストランのシェフと大それた野心を太らせ

すき間風のうわさ話にすがりつき幾星霜
私のあばら骨しゃれこうべがしらじらと踊りだす
仕様《しょん》が無《なか》い　仕様《しょん》が無《なか》い　後はどうなと　きゃあ成ろたい*

*肥後ことば・仕方がない、後はどうにでも成るだろう

大きくなったら

卒園式の壇上で
それぞれに背筋をのばし
それぞれの夢が飛びたち

息子の番がきて
身をのりだす
「怪獣になります」
自信たっぷりのひびき

あれから四十年
怪獣の卵はまだ孵りません

ねむり猫

高太郎　哲学

俺は考える
時代の風に思索をそよがせながら
世間の風に頭をたれ額に手をあてながら

俺は考える
雨戸カーテンを厳重警戒態勢にしめ
ドアに二重鍵をかけ布団にもぐりこみ
うつらうつらうつ　とろとろたらりとろたらり
でも　眠りほうけたりはしない

だいたい　ふくろが邪魔なのだ
ふくろは図々しい　母性本能とかでがんじがらめにし

口を出し手を出し金は出さない
はては　鬼っ子を産んだ覚えはないといちゃもんを

ただし　ふくろが邪魔なのだ
ふくろは厄介だ　本能欲望むき出しに悲鳴をあげる弱音を吐く
あげくに　ラーメンハンバーグカレーに即とびつく無節操ぶり

そもそも　引き裂き踏みつけにすれば万事解決というのに
ふくろを消去しかなぐり捨てるべきか
ふくろを削除し全身でおさらばするべきか

もう　かれこれ　十数年は考えている
日に夜をついで考えつづけ起きあがる暇もない

鋼太郎　想定外

おおっぴらにはできぬ浮き浮き
こっそり培養増殖する浮き浮き

サバイバルナイフの野生を溺愛する
アイスピックの興奮を研磨する
ハンマーの衝撃力を爆発させる

なんたって
実行あるのみ……
突撃あるのみ……

ビニールシートにロープに

あれ　なんだこれは……

どうしてこんな物が
パンきり庖丁の腰ぬけなんぞが

いつの間にこんな物が
菜きり庖丁のへなちょこなんぞが

孝太郎　考えてみれば

びっくりして振りむくと
孝太郎が笑っている
俺って　親孝行だよな
なんってったって　生きているんだから

そうね　生きているんだから
しずかに出刃包丁を置いてうなずく

康太郎　ジョギング4キロを強要

あくせくと日を過ごし
うかうかと年を重ね
さくらふぶき　あと何回見られるだろう
十回かしら　十五回も見られたらいいわね

何を寝ぼけたことを　七十になってもクロール50mが日課の人もいると檄がとぶ
何を弱気なことを　八十になってもヒマラヤに登る人もいると叱声がとぶ

康太郎は私がぼけるのも寝こむのもゆるさぬ勢いだ

倖太郎　刑法244条親族間の犯罪に関する特例

「コウタロウを詐欺容疑で逮捕　使いこみ額は3億円相当」
アナウンサーの興奮気味の声

「コウタロウ」は真面目な人柄上司同僚の信頼も厚く
「コウタロウ」は礼儀正しい人物近所の人には挨拶もする
「コウタロウ」は高学歴イケメンなかなか出来る男

倖太郎はいいかげんな人柄無愛想人嫌い
倖太郎は夜中しか出歩かない近所の要注意人物
倖太郎はろくでもない男ずん胴カップ麺しか作れない

やっぱり人違いだ

私はため息ついでにさらに愚かな親に変身する

八年間の授業料の使いこみ
先物取引株投資の大穴
街の屋台で大立ちまわりの賠償
合計金額２２５０万円相当
まあ　そんなところだろう
そもそも　親族間の窃盗詐欺は
申し立てをしなければ刑罰を免除される

欧米風合理主義者になって独立宣言を押しつけたって
現代的経済学者になって請求書をつきつけたって
どうしようもないこともある

古来幾千年　親なんてちょろいもの
すべて世はこともなし

厚太郎　十年寝太郎

世の中が嫌になったって
ポテトチップスばかり食べていたって
昼夜逆転のごきぶり徘徊をしたって
我が家にいるのは先に死ぬが勝ちの私と二人っきり
中年男にはヘリコプターの救援物資も届かない

ゴジラに襲われたって
竹槍の訓練をしたって
「欲シガリマセン」とがんばったって
中年男には援護射撃の部隊はやって来ない

一寸法師はあざやかな針さばきで

金太郎はきたえあげた筋肉で
桃太郎は海老で鯛を釣る作戦で
少年たちはりりしく独立独歩
花咲爺さんだって時代の最先端・木灰ふりまく自然農法で
おにぎりころりんの爺さんにいたってはブレイクダンスで

とにかく　自分で起きあがり
大岩をころがし川の流れを変えるか
闇夜にまぎれひでりの田んぼに水を盗りこむか
長者の娘をおびきだしかっさらうか
まっとうな働きをしなければ
狂騒の都会　過疎の村にさえ住めない

とっぴんぱらりのぷう＊

＊民話の結び言葉

興太郎　急進的柔軟派

頭が固い保守的だと攻撃される
たしかに　私は難攻不落の保守派
でも　やっぱり　働ける人は働かなくっちゃ
8時間労働が嫌なら30分でもいい
茶碗洗いでもいいアイロン掛けでもいい
晴耕雨読という伝統的優雅な方法もある

なんてったって　急進的柔軟派は昆虫行動学「なまけ者必要論」がバイブルで
なまけ者の蟻だってやがて過労死するメンバーの予備軍なんだ
なまけ者の蜜蜂だって有時に備えて体力を温存しているんだ
たしかに　でも　やっぱりは完全に無視され悶死状態

ここで犬死してなるものか
私は最後のレジスタンスと言論の自由を駆使する

ごもっとも　ごもっとも　昔話のヒーロー・ヒロインたちもよく眠る
でも　そのまま腐りはて消滅なんてぶざまなことにはならない
おびき寄せられ罠にはまり喰われたまま泣きねいりなんてありえない
蔦かずら藪枯らし野いばらに幽閉されたまま眠りほうけるなんてとんでもない
少女はえいやっと狼の腹をひきさき現世によみがえる
乙女は白馬に乗った頼もしい鎧兜を呼びよせる

急進的柔軟派を気どるのは勝手だけど
もはや　へとへとの蟻やくたばった蜜蜂に代わることもできない
まして　三等兵にだって炊事係厩舎当番にだってなれはしない
今年も　働かないのが世界平和へのささやかな後方支援といえば支援だが
今年も　私はパートの退職願をごみ箱につっこむ　悠々自適をキャンセルする

絖太郎　インターネットを友として

中学生の頃はお笑い芸人になりたがっていた
ダウンタウンのようなクリームシチューのような
明日のお金に困っている人も爆笑する

高校生の頃はロック歌手になりたがっていた
X JAPAN のような B'z のような
バブル崩壊後のわやくちゃの青春をすかっとする

愛嬌もなく男気もなく脚は短く
まあまあの中年になっただけ

でも

母親を殺すことはなく
（なぜか私は首投げ払い腰が得意技）
女房を殴りたおすこともなく
（そもそも結婚には縁もなかったので）
子どもに虐待のかぎりをつくすこともなく
（けっこう子ども好き　でも世間は警戒警報発令中）
むろん　社会貢献ボランティアなどは論外で
（まずは朝のカーテンを引くこと窓から顔をだすこと）

このごろは無事に体力低下の坂道を下りはじめている
やれやれ　これで初年兵として引っ張られることもないだろう

浩太郎　ビールグラスを冷やす

夕陽が山の端に沈むと
浩太郎は背高のっぽのグラスを冷凍庫に入れる
飲み口がしとやかな曲線になっている薄手のグラス
むろん　ネル生地で洗い自然乾燥させた透明無垢

私は豆皿小鉢を食卓にセットし
箸はテーブルの縁から内側５㎝におき
白和え搔き揚げ焼き茄子をならべる
すかさず　グラスにマイナス１℃のビールが注がれる
高い位置から一気に注がれ泡だち鎮まる麦秋のうねり
さらに優しく注がれ封じこめられるホップのざわめき

私の労働時間は浩太郎に喰らいつかれ
私の年金は浩太郎に引きちぎられ
寄りかかられ　のさばられ　おどかされ
寄りかかられ　のさばられ　おどされる甘い親と攻撃され

弱肉強食の王様・浩太郎は
命たちが背おってきた貝毒フグ毒ダイオキシン
すべてを引きうけることとなり
あちこち　ほころびやら　かぎざきやら

それでも
外国にも出かけずコソ泥もはたらかず
深山がくれの美しい村に銃を先頭に押しかけることもなく
焼きつくし殺しつくし奪いつくすこともなく*
我が家もとりあえず今日一日は無事終了の儀式

*三光作戦参照

功太郎　個人的自衛権

こんな家　出て行ってやる　と
立ちあがり椅子をけっとばし
一時間たっても一ヶ月たっても
一年たっても二十年たっても
こんな家から出て行かない

自分のことは自分でしろよ
電球の交換灯油18ℓを運ぶくらい
体がなまっても寝たきりになってもしらないぞ
まして　なにわ茨の剪定　おおしま桜の枝切なんて
おふくろの趣味につきあってるほど暇はない　と

こんな家から出て行かなくても
奨学金の返済は私に泣きついてくる
腹筋腕たてふせをする暇はあっても
借金の後始末は私にまわしてくる

仕事が生きがいなんだろう
仕事が趣味なんだろう
恵まれた老後だよ

おふくろの体力維持のためにと言いさえすれば
後ろめたさの特効薬になる
祖国の平和維持のためにと唱えさえすれば
戦争だって大義名分がたつ

洸太郎　プレゼント

これ　買っちゃる
歓声の指先には
0・8カラットのピンクダイヤモンド品質保証書付
これ　買っちゃる
熱気の指先には
辻が花の振袖に金襴の帯鹿子絞りの帯揚げ
これ　買っちゃる
興奮の指先には
ハワイで別荘をトロピカルリゾートのヨットの帆
幼い息子の日課は新聞広告のチェックだった

あのころ
息子も私も「ことば」だけでじゅうぶん幸福だった
今も　幸福はテロ殺人事件満載の新聞の隙間で
ひっそり出番をまっているにちがいない

KOUTAROU　国際指名手配

テレビに現れたのは
痩せさらばえた長身
後手にしばられ
引きしまった口元

画面に大写しになったのは
若々しい肌に涼しげな目元
全身を拘束バンドで固定され
路上で激しい銃撃戦をやってのけたと

「こうたろう」があんなにハンサムな筋肉質だったとは
「こうたろう」はいつの間に政治活動家になったのだろうか

「こうたろう」はどこで銃のあつかい爆弾の作り方をならったのだろうか
「こうたろう」の体にどんな怒りがうずまいていたのだろうか
「こうたろう」の心にどんな願いが燃えさかっていたのだろうか
はしか・お多福風邪のようには通過できなかったのだろうか

指名手配写真の中で
腰縄手錠でひったてられる姿で
かなり難ありとはいえ結構いい息子だった
濃い口ひげは穏やかそうで
太い腕は頼りになりそうで

イスタンブールでマニラでカルガリーでパリで
「こうたろう」というだけで犯人に仕立てられたのだろうか
「こうたろう」はどの国にでもある普通の名前なのだろうか

恒太郎　特攻隊志願

恒太郎が志願した　と声たからかに報告する
特攻隊？　暁部隊なの？　菊水部隊かしら？

いいや
たんぽぽ部隊　れんげ部隊　すみれ部隊デアリマス
たんぽぽの種を　れんげの種を　すみれの種を搭載し
出撃命令とともに敵地の上空を旋回し総攻撃
じゅうたん爆撃も辞さずの覚悟デアリマス
眉もりりしく背筋をのばし

恒太郎の決意はかたく
私の涙などどこ吹く風

恒太郎の姿が消え
はがき一枚まいこむこともなく
私は敵国の大地を想う
くだけ重なった瓦礫のすき間にやさしいピンク
たおれ焼けこげた樹の根っこに愛らしいパープル
痩せほうけた砂ぼこりの大地にもわずかな夜露は結ぶだろう
いつかは　ふんわりのクリームが広がり大地をつつむだろう

恒太郎はまだ敵国の空の上を旋回しているのだろうか

行太郎　聖黙修行中

黙って食事をする
黙って掃除をする

黙って谷川のささやきと響きあう
黙って時雨の匂いで全身を満たす
黙ってたあいもない日常を旅する

口を開かないと罵詈雑言誹謗中傷も出歩かない
口を開かないと不平不満不安も立ち枯れとなる

行太郎はずいぶんと真面目に生きてきたもんだ

清岳こう（きよたけ・こう）

一九五〇年熊本県生まれ

既刊詩集
『浮気《ふけ》町・車輌進入禁止』（一九九六年）
『天南星の食卓から』（一九九八年、第十回富田砕花賞）
『白鷺になれるかもしれない』（二〇〇三年）
『風ふけば風』（二〇〇九年）
『マグニチュード9・0』（二〇一一年）
『春　みちのく』（二〇一二年）
『九十九《つくも》風』（二〇一五年）
『つらつら椿』（二〇一七年）　ほか

現住所　〒九八八九‐三一二三　仙台市青葉区錦ケ丘六―十六―九

眠《ねむ》る男《おとこ》

著者
清岳《きよたけ》こう
発行者
小田久郎
発行所
株式会社思潮社
〒一六二—〇八四二　東京都新宿区市谷砂土原町三—十五
電話〇三（三二六七）八一五三（営業）・八一四一（編集）
FAX〇三（三二六七）八一四二
印刷
三報社印刷株式会社
製本
小高製本工業株式会社
発行日
二〇一九年七月二十日